令和川柳選書

路地裏のつぶやき

浅見和彦川柳句集

Reiwa SENRYU Selection
Asami Kazuhiko Senryu collection

新葉館出版

令和川柳選書
路地裏のつぶやき ■ 目次

令和川柳選書

路地裏のつぶやき

Reiwa SENRYU Selection 250
Asami Kazuhiko Senryu collection

第一章　極楽蜻蛉

オフレコで調子に乗って滑る口

アバンチュール何もなかった浜辺の夜

いきなりの猫撫で声は御用心

エアコンに任せておけぬ扇風機

エサ代もバカにならない腹の虫

カラフルなマスクで競う参観日

おかげさま早寝早起き昼寝付き

おしゃべりの妻が三日も口きかぬ

ＣＭのサプリはいまだ効果なし

お雑煮に入れ歯引っ付き一大事

お年玉ちょっぴり神に御裾分け

かみさんも河馬もしている泥パック

カモられた振りしてカモるギャンブラー

カレーライス家族みんなが丸くなる

キーボード叩いてみても口割らぬ

クーデター妻が私の席にいる

サヨウナラ粘着質のハズバンド

くびれ腰消えて只今楕円形

クリアした後が大変ダイエット

クリーンに見せても透ける黒い腹

コンビニのおでんに母を懐かしむ

一言が波紋となって墓穴掘る

さり気なくウイッグ付けてクラス会

じらされた分だけ美味い花見酒

シルバーに席を譲って立ちくらみ

スキャンダル笑いに変える自虐ネタ

フルムーンよせばいいのにまた喧嘩

スッピンの妻は自信があるようだ
スナックはママの笑顔が領収書
せっかちな読経で先祖目を回す

チョットだけ美人と違う目鼻立ち

ディスタンス取ったら消えた永遠の愛

ドンファンの事件も既に色褪せる

ナイスバディ賞味期限はあとわずか
なまはげが文化遺産で反り返る
ノホホンと見せてはいるが鋭い目

ばあちゃんの似顔絵描いてお小遣い

パソコンが臍曲げだして手に負えぬ

ハンカチを拾ってくれて花が咲き

ビア樽を転がすように寝かされる

ヒモ稼業気楽なようで気を遣う

ひるがえるフレアスカート春の風

フラフープ効果てきめんくびれ腰

フルムーン水と油は所詮無理

まっすぐな性格だけど脇見する

ミスワールドもっと美人はいる筈だ
もぎたての笑顔をひとつ御裾分け
ヤケ酒は無理だやめとけ銭が無い

アイーンと遠い夜空で志村けん

ゆるキャラになってしまったお母さん

リモコンで早送りするサスペンス

ロマンスカー乗った途端に口喧嘩

悪態を吐いて気を引く恋の技

一つ屋根水と油のせめぎ合い

一日のドラマを詰めて終電車

右腕と言われ続けて左遷され

迂闊にも喧嘩仲裁火に油

栄転とそそのかされて都落ち
駅蕎麦の薄い蒲鉾陽が透ける
宴会で騒いでいるが実は下戸

郷に入り嫁の流儀で母呆ける

押し寄せる波に消される愛の文字

温もりがもったいないと二度寝する

音程は外れているが上機嫌

化学者がフラスコで飲む酒の味

嫁姑互いを讃えノーサイド

家族写真父は一番隅に居る

我儘なヒト化が濁す蒼い星

戒名は極楽蜻蛉気儘居士

外野席美女はアップで映される

汗よりも悔し涙のユニホーム

丸かじり歯型が綺麗一目惚れ

喜寿米寿階段上りやがて星

気のせいか細身に映る試着室

スキンヘッド好きでしている訳じゃない

女子会は今日も男の品定め

爺ちゃんが残したものは墓ひとつ

気を持たせ聞いた話は期限切れ

気立て良くいつも微笑むひとの嫁

記念日に貰ったものは投げキッス

偽善者が隊列組んで行く地獄

疑似餌でも別嬪ばかりよく釣れる

脚光を浴びているだけ影が濃い

人間に疲れた時は海に行く

Reiwa SENRYU Selection 250
Asami Kazuhiko Senryu collection

第二章　舞い上がる

極楽は百花繚乱美女ばかり

近道を教えてくれる謎の人

九条を弓矢の的にする阿修羅

愚痴ばかり言うなと猫が背を向ける
欠伸と鼾ルンバに任せ午睡する
結局はヤツが無難と担がれる

血液がドロドロですと医者が言う
堅物がまるで喜劇のエンディング
玄関に夜叉の顔した妻が待つ

現実をドラマ仕立てにワイドショー
古希になりお遊び塾の戸を叩く
古傷は肌身離さず持っている

狐狸妖怪諭吉くすねるネオン街

後輩が上司になった下克上

御祝儀は千円札でカサ増やす

古希過ぎて名医の見立て四十肩

口数を減らせば売れる油売り

幸せはお金じゃないと抱きしめる

香港よひょうたん島へ泳ぎ切れ

号泣と間違えられた花粉症

黒縁に静かに入る頑固者

骨格も似てきたような老夫婦

婚活はパワーと金と運も要る

根菜を食べろと医者は肉食派

三角を遠心力で丸くする
刺されても薔薇なら許す男たち
姿見が今日も私を持ち上げる

思い切りジャンプをしたら春が来る

指パッチンいいことあった父の顔

飼い猫と妻が仲良く爪を研ぐ

事務的に失恋刻むシュレッダー

時々は記憶喪失しています

耳元でやたらチャンスとそそのかす

捨て台詞火蓋を切った嫁姑

邪魔立てをすればするほど燃える恋

借り物で着飾ったって馬の脚

寂しくてナースコールのボタン押す
柔軟剤入れてシャンプー石頭
出しゃばって纏まる話ぶち壊し

潤いを求めて酒場梯子する

女子会で人事異動も決めている

将棋は羽生フィギュア羽生とちゃんと読む

小梅からカボチャに変わる半世紀

招かざる客まで招くまねき猫

消去ボタン押したら君は謎のひと

上手すぎて敬遠される趣味の会

冗談の一つも言えずまだ一人

色男財布と口は超軽い

食べ放題ケーキで癒すロストラブ

伸び代があるから受ける愛の鞭

心ならず貰った嫁が大当たり

新人と紹介された古希の僕
真に受けた口が堅いに悔いの日々
人さまの敷いたレールに胡坐かく

人間の驕りを諭す大自然
人妻に齢を尋ねて抓られる
生あくび清楚な顔が崩れ出す

人柄より遺影を誉める偲ぶ会

図書館で鼾をかいて注意され

厨房にネイルアートのおねえさん

水入りの嫁と姑の大バトル
人生ゲームこれは見事なエンディング
誠実な顔して詐欺師やってくる

絶好球これが打てたら苦労せぬ

素人受け良いと慰問に駆り出され

爽やかな余韻を残す人の妻

痩せたのかゴムが伸びたかズリ落ちる
太っ腹演じ続けて胃潰瘍
打たれても沈みはしない底にいる

大当たりドリームジャンボやはり夢
男運悪いあなたは優し過ぎ
地味かしらオールピンクのお婆ちゃん

着メロが真面目過ぎると叱られる

虫も喰う僕も喰ってる夏野菜

溺愛し狸のような猫になる

天高く旬を詰め込み太鼓腹
唐突にキスを迫って猫パンチ
当て馬が本気になって舞い上がる

踏み台に慣れっこだから今日がある

同期会出世頭が幅利かす

道楽を趣味と間違え左前

鈍刀も磨けば光る不肖の子

南無阿弥陀仏　女難を防ぐおじいちゃん

あなたとは他人のフリで歩きます

Reiwa SENRYU Selection 250
Asami Kazuhiko Senryu collection

第三章　凄む

肉じゃがの味で射止めた旦那様

日本のハートが沈むペシャワール

入念な化粧をしたら孫が泣く

念願の城を持ったが脆い基礎

粘り勝ち美人射止めた果報者

発車ベル鳴らす車掌は演出家

反省は豆腐の角でする程度

飛び乗った地下鉄女性専用車

美しい壺に注いだ愛と金

鼻歌の気分で走りネズミ捕り

漂泊の人生いずれ母の海

秒殺のノーサンキューのメール来る

不純物みんな隠した銀世界
負けて勝つそれからずっと負け続け
舞い上がる独り善がりのフォルテシモ

福耳を当てにしたのが運の尽き
満点のパパになりたいバラを買う
複雑なパズルは解くが失業中

沸点が低過ぎました老いの恋

母に似ず美貌でキャッチ大富豪

満員じゃ無いと拗ねちゃう歌手もいる

腹式で妻の小言を聞いている

喜びは天を衝くほど両手挙げ

無駄口とえびせんべいは止められぬ

霧吹きで皺を伸ばして逢瀬する

冥途ではブレーキ事故死ありません

名医でも飲む打つ買うはたまにする

黙食はずっとしている倦怠期

目覚しが膨らむ夢をぶち壊す

爺ちゃんが身を粉にすると千の風

野暮なこと聞くなと母がルージュ塗る

野良猫が先祖の墓に用を足す

柳腰ついついつい見とれ乗り過ごす

優先席杖でコンコン小突かれる

憂さ晴らし暴れ太鼓の女房殿

裕次郎　加山雄三　そして俺

誘惑は三歩下がってやって来る

遊覧バス辿り着いたらデイ施設

夕焼けがカーブミラーを染めている

猫だましそんな姑息な手は食わぬ

理数系論理的とは限らない

理由など何もないけど嬉しい日

流し目をされたと合点自惚れる

両手に花忖度されて二日酔い

良妻賢母近ごろ聴かぬ四字熟語

列をなす竜宮経由浄土便

露天風呂類人猿がゆるくなる

燻ったただけの恋です何もない

饒舌な男の愛は信じない

脚光を浴びる弟　兄は影

男運つくづく無いと嘆く妻

庭先でコロナの鬱を天日干し

ごっちゃんで済まぬキャバクラ即アウト

酸欠にならぬ程度にいる亭主

両の手を天に突き上げ金メダル

ややこしい操作は御免アナログ派

気に障る事があったか猫家出

ＣＭのようにはいかぬフルムーン

おかげさま仏頂面で女難除け

目立たずに中程にいる処世術

スッピンに慣れて呼吸が楽になる

パソコンがとても上手なお医者さん

出涸らしのような父の日ノーマーク

気の弱い男が鳴らす陣太鼓

一線を越えて地雷を踏んだ人

一刀に袈裟斬りされた自慢の句

気の弱いオトコ仮面でホラを吹く

古傷に塩を摺り込む敵討ち

スッピンで勝負をかける妻の意地

女子会を終えて鼻唄千鳥足

人生の旅路は途中下車ばかり

釈明の記者会見でまた墓穴

素人に判るものかと鑑定家

爽やかに席を譲った身のこなし

教え魔がドラフト一位狂わせる

美女じゃなきゃ駄目と言われた雪女

珍味だと勿体付けて出す店主

目出し帽被ればみんな犯罪者

車間距離保って丁度いい夫婦

宴会のシャチホコ立ちが金メダル

主役から刺身のツマに成り下がる

御先祖が泉下で嘆く墓仕舞い

エンディングノートの余白埋まらない

大根をズバッと切って凄む妻

あとがき

まさかと耳を疑うような電話が入った。新葉館出版　竹田麻衣子さんからである。私に『令和川柳選書』出版企画が舞い込んだのだ。『川柳入門』講座を受講した当時「川柳は何でもあり」的なユニークな講師の指導の下、私の川柳は悪ノリしたわけではないが文芸川柳・詩性川柳とは程遠い勝手気儘な川柳である。最近の誌上大会の秀句等の入選句はやはり文芸性のある句が高評価を受けているようである。55歳の時に交通事故に遭遇し早期退職した私のルーティンは朝一番に般若心経を唱え、そして詩吟二題を詠ずること。隙間時間には川柳と向き合う。不器用で武骨と自認している川柳はステップアップも儘なりません。ひょっとしたら戯れているのかも。こんな私を新葉館出版に紹介をしていただきました愛知川柳作家協会の荒川八洲雄会長に恥をかかせてしまうのではという懸念と身の程知らずに出版を引き受けてしまった自分に呆れてしまいます。しかし、いつか大輪の花を咲かすこともあるやも…否それはない絶対に。令和4年も第6波オミクロン株が猛威を振るっています。人流を避けこの際一層川柳力アップにつながるチャンスと捉えてみるのはどうでしょう。人流を避けこの際一層川柳力アップにつながるチャンスと捉えてみるのはどうでしょう。人流を避けこの際一層川柳力アップにつながるチャンスと捉えてみるのはどうでしょう。令和4年もwithコロナの状況が続く様相です。人流を避けこの際一層川柳力アップにつながるチャンスと捉えてみるのはどうでしょう。昨年、令和3年は私が所属している『尾張旭川柳会』が初めて当番吟社となった愛知川柳作家協会主催の春の『川柳大会』そして秋の『川柳忌・みたままつり句会』も誌上句会となりましたが、おかげさまで共に目標を上回る投句数があり川柳人のパワーをまざまざと感じました。川柳は初心者には敷居が低く入りやすいように思われますが、奥行きの深い文芸だと思います。句会・大会等で入選することも喜びですが、これから川柳に興味を示す人も先ずは五・七・五に馴染む、我流でも良い、楽しむ。そう自己満足も良しとしましょう。その上で自分の感性に響く他人の作品に素直に耳を傾ける。その姿勢が作句能力の向上に繋がっていくと考えます。川柳人口の先細りが案じられます。何かとストレスを感じる昨今、川柳を心の糧として楽しんでいきたいと思います。3年たってやっと友達に「趣味は川柳」と自信を持って言えるようになったと言う柳友がいます。そうです、柳歴じゃないと思います。女房との会話が噛み合わなくても川柳は思い上がりの一方通行でも迷惑はかけません。時には「冴えた一句」が浮かぶやもしれません。歳を重ねるごとに物忘れも激しく言葉が出てこなくなってきました。素敵な女優の名前がちっとも出てこない。女房に聞いてもちょっと怪しい時、Ｎｅｔでキーワードを入れて検索。すっきりしたら後日また名前が出てこない。こんな繰り返し、情けない。川柳とも格闘をする日々が続きます。最後に出版に際していろいろアドバイスを頂いた新葉館出版の竹田麻衣子様に深く感謝を申し上げます。

二〇二二年二月吉日

浅見和彦

●著者略歴

浅見和彦（あさみ・かずひこ）

愛知県尾張旭市在住

平成21年（2009年）「川柳入門講座」受講
（学びキャンパスせと）

平成22年（2010年）「おもしろ川柳」入会

平成27年（2015年）「尾張旭川柳同好会」入会（現在は尾張旭川柳会）

令和元年（2019年）尾張旭川柳会　副会長

令和4年（2022年）尾張旭川柳会　会長

詩吟（神叡流 師範 テイチク準専属 吟士）

令和川柳選集

路地裏のつぶやき

○

2022年8月8日　初　版

著　者

浅見和彦

発行人

松岡恭子

発行所

新葉館出版

大阪市東成区玉津1丁目9-16 4F　〒537-0023

TEL06-4259-3777㈹　FAX06-4259-3888

https://shinyokan.jp/

○

定価はカバーに表示してあります。

ISBN978-4-8237-1117-6